30 Janvier 1895.

# CATALOGUE
## D'OBJETS
# D'ART & DE CURIOSITÉ
## *Faïences Anciennes*

**de Bernard Palissy, de Rouen, Sinceny,**
**Nevers, Moustiers, Marseille, Strasbourg, Delft, etc.**

ANCIENNES PORCELAINES DE SAXE, CHINE ET JAPON

4 IMPORTANTS GROUPES EN VIEUX SAXE

SCULPTURES, BRONZES CHINOIS ET JAPONAIS, ÉMAUX CLOISONNÉS

*Verrerie, objets de vitrine médailles modernes en or et argent*

Bronzes d'Ameublement, belle suspension style Louis XIV

**MEUBLES RENAISSANCE, LOUIS XIV, LOUIS XVI & MODERNES**

Ancien Tapis de Perse, Panneau Chinois brodé

TAPISSERIE LOUIS XIII AU POINT

## TABLEAUX ET DESSINS ANCIENS ET MODERNES

**Important album de Dessins et Lithographies**

DICTIONNAIRE ENCYCLOPÉDIQUE DE LAROUSSE

DONT LA VENTE AURA LIEU

**APRÈS DÉCÈS DE M. X...**

HOTEL DROUOT, SALLE N° 3

**Le Mercredi 30 Janvier 1895, à 2 h. précises**

---

**Me G. DUCHESNE**
COMMISSAIRE-PRISEUR
6, Rue de Hanovre, 6

**M. A. BLOCHE**
EXPERT
28, Rue de Châteaudun

*Chez lesquels se trouve le Catalogue*

EXPOSITION PUBLIQUE

LE MARDI 29 JANVIER 1895

DE 1 H. 1/2 A 5 H. 1/2

IMPRIMERIE ARTISTIQUE

E. MÉNARD & Cie

*Bureaux et Ateliers:* Paris — 8, Rue Milton

# CATALOGUE
## D'OBJETS
# D'ART & DE CURIOSITÉ
## *Faïences Anciennes*

**de Bernard Palissy, de Rouen, Sinceny,**
**Nevers, Moustiers, Marseille, Strasbourg, Delft, etc.**

ANCIENNES PORCELAINES DE SAXE, CHINE ET JAPON

4 IMPORTANTS GROUPES EN VIEUX SAXE

SCULPTURES, BRONZES CHINOIS ET JAPONAIS, ÉMAUX CLOISONNÉS

*Verrerie, objets de vitrine médailles modernes en or et argent*

Bronzes d'Ameublement, belle suspension style Louis XIV

**MEUBLES RENAISSANCE, LOUIS XIV, LOUIS XVI & MODERNES**

Ancien Tapis de Perse, Panneau Chinois brodé

TAPISSERIE LOUIS XIII AU POINT

## TABLEAUX ET DESSINS ANCIENS ET MODERNES

**Important album de Dessins et Lithographies**

DICTIONNAIRE ENCYCLOPÉDIQUE DE LAROUSSE

DONT LA VENTE AURA LIEU

**APRÈS DÉCÈS DE M. X...**

HOTEL DROUOT, SALLE N° 3

**Le Mercredi 30 Janvier 1895, à 2 h. précises**

---

| **Mᴱ G. DUCHESNE** | **M. A. BLOCHE** |
|---|---|
| COMMISSAIRE-PRISEUR | EXPERT |
| 6, Rue de Hanovre, 6 | 28, Rue de Châteaudun |

*Chez lesquels se trouve le Catalogue*

---

EXPOSITION PUBLIQUE

**LE MARDI 29 JANVIER 1895**

DE 1 H. 1/2 A 5 H. 1/2

# CONDITIONS DE LA VENTE

La vente sera faite *expressément* au comptant.

Les acquéreurs payeront en sus des adjudications *cinq pour cent*.

L'exposition mettant le public à même de se rendre compte de l'état des objets, il ne sera admis aucune réclamation une fois l'adjudication prononcée.

*Paris. — Imp. E. Ménard & Cie, 8, rue Milton.*

# TABLEAUX

## ET DESSINS

### AUBLET

1 — *Marine.*

Etude. H. 0,19. L. 0,40.

### BELLEL

2 — *Paysage.*

Dessin. H. 0,15. L. 0,24.

### BONVIN

3 — *Vieille femme lisant.*

Dessin. H. 0,42. L. 0,30.

### CALAME

4 — *Paysage au bord d'un lac*

H. 0,49. L. 0,40.

## CHAPLIN

5 — *Jeune fille baisant la statue de l'amour.*

Dessin à la sanguine. H. 0,26. L. 0.16.

## DAEL (Van)

6 — *Vase de fleurs.*

Aquarelle, d'après Van Huysum. (Avec autographe du peintre). H. 0,28. L. 0,21.

## DAUZATS

7 — *Interieur de l'Église de Belem à Lisbonne.*

H. 0,61. L. 0,49.

## DE DREUX (d'après)

8 — *Chevaux de course.*

H. 0,38. L. 0,44.

## DUPRAY

9 — *Marche de gardes républicains à cheval.*

H. 0,28. L. 0,36.

## ÉCOLE FRANÇAISE

10 — *Portrait de dame en chasseresse. En robe*

*blanche décolletée garnie de dentelle, d'une main elle tient un arc, de l'autre une flèche, son chien s'approche d'elle.*

Cadre bois sculpté ancien. H. 1,07. L. 0,88.

## ÉCOLE FRANÇAISE

11 — *Les Trois Grâces.*

Aquarelle. H. 0,27. L. 0,19.

## ÉCOLE FLAMANDE PRIMITIVE

12 — *La Vierge tenant l'Enfant-Jésus.*

H. 0,59. L. 0,40.

## GREUZE

13 — *Offrande à l'Amour.*

Dessin rehaussé de blanc. H. 0,41. L. 0,50.

## GREUZE

14 — *Fête de l'Agriculture.*

Dessin à l'encre. (Signé) H. 0,37. L. 0,47.

## HEILBUTH (Ferdinand)

15 — *Personnages italiens à la promenade.*

Aquarelle. H. 0,22. L. 0,15.

JOURDAIN (ROGER)

16 — *Le Four à chaux. Un paysan se repose assis sur sa brouette.*

H. 0,92. L. 1,50

MÉRY

17 — *Chevreau poursuivi par un ânon.*

Dessin rehaussé. H. 0,55. L. 0,26.

MURILLO (d'après)

18 — *Assomption de la Vierge* (sur cuivre).

RIBOT (THÉODULE)

19 — *Cuisinier donnant à manger à son chat.*

H. 0,35. L. 0,26.

20 — Album contenant 124 pièces : 1 dessin de GIORGION, 1 de TIEPOLO, 3 du GUERCHIN, 1 de CALLOT, 1 de BERGHEM, 3 de PARROCEL, 4 de COCHIN, 1 de LEGRAND, 1 de TAUNAY, 8 de SWEBACH, 1 de REVOIL, 4 de HEIM, 5 d'ALAUX, 3 d'HIPP. LEBAS, 1 d'HORACE VERNET, 15 de CHARLET, 2 de RAFFET, 2 d'HIPP. BELLANGÉ, 1 du PRINCE DE JOINVILLE, 8 de DAUZATS, 13 de

TROYON, 6 de THÉODORE ROUSSEAU, 2 de VALERIO, 2 d'ERPIKUM, 27 dessins par divers artistes anciens et modernes, 2 pièces en couleur dont : *Ah! s'il y voyait*, et 6 lithographies de CHARLET, RAFFET et DUPLESSIS-BERTAUX.

21 — Album contenant 35 dessins, paysages, par divers artistes.

# FAIENCES

22 — Beau plat oblong en faïence de BERNARD PALISSY, à reptiles et coquillages sur fond bleu.

Long. 0,32 1/2. Larg. 0,24.

23 — Beau plat rond de Rouen, décor à rosace en bleu, rouille et jaune.

Diam. 0,54.

24 — Beau plat rond de Moutiers, décor bleu aux armes de la famille d'Aure, bordure à ornements.

Diam. 0,55.

25 — Deux plats oblongs octogones de Rouen, décor en bleu à rosace, bordure à losanges.

26 — Grand plat de Delft, décor en bleu à fleurs, bordure à cartels.

27 — Deux jattes à fruits de Delft, décor bleu à fleurs.

28 — Deux plats ronds de Savone, décor à personnages en bleu.

29 — Grand plat rond de Marseille, décor à fleurs en polychrome.

30 — Cuvette ovale de Rouen, décor à la corne à fleurs, oiseaux et insectes.

31 — Deux assiettes de Strasbourg à fleurs en couleurs.

32 — Deux assiettes de Sinceny, décor, style chinois à figures.

33 — Assiette du Midi, décor polychrome à fleurs.

34 — Jolie assiette de Moustiers, décor polychrome à médaillon paysage et guirlandes de fleurs.

35 — Deux compotiers de Sinceny, décor de style chinois à figures, bordure à ornements.

36 — Soupière de Strasbourg, décor rocaille en carmin et vert.

37 — Grand plat oblong de Moustiers, décor d'après Bérain en bleu.

38 — Belle bannette oblongue de Sinceny, décor à fleurs en polychrome.

39 — Grand plat long de Marseille, décor à fleurs en carmin.

40 — Plat oblong de Moustiers, décor d'après Bérain en bleu.

41 — Plat creux de Nevers, décor à figures et fleurs en bleu et manganèse.

42 — Deux vases cotelés de Delft, décor bleu.

43 — Deux jolies petites assiettes de CASTELLI, décor à figures, bordures à figures d'amours, cartouches et fruits.

44 — Grande soupière oblongue et son plateau de Marseille, décor à fleurs.

45 — Jardinière ovale de Rouen à décor bleu.

46 — Grand plat rond de Moustiers, décor en bleu à chasse au sanglier, bordure à ornements.

47 — Grand plat rond de Nevers, décor bleu à ornements.

48 — Vase en faïence de Marseille, décor en couleur à fleurs et cartel.

49 — Deux jardinières côtelées, faïence de Moustiers, décor à figures et oiseaux en couleur.

50 — Belle assiette en faïence de Strasbourg, décor à fleurs en couleur.

51 — Dix assiettes en faïence de Delft à décor polychrome.

52 — Salière à trois usages en faïence de Rouen, décor polychrome.

53 — Assiette en faïence de Moustiers, décor à fleurs en couleur.

54 — Brûle-parfums en poterie chinoise, représentant un *portefaix accroupi*.

55 — Bouquetière en faïence de Moustiers, décor polychrome à fleurs.

56 — Pot à anse en faïence ancienne, décor à figures en bleu, couvercle en étain.

57 — Cruche en faïence italienne, décor à rinceaux de fleurs sur fond jaune.

58 — Deux seaux en faïence ancienne, décor à fleurs, anses à mascarons.

59 — Jardinière double en faïence formée par un amour assis sur un dauphin.

60 — Vase flambé de Delaherche.

61 — Jardinière ovale de VIEILLARD de Bordeaux, décor à fond marron.

62 — Jardinière en faïence, décor bleu turquoise.

63 — Vase en faïence de Vallauris, décor à fleurs en violet ton sur ton à reflets métalliques.

64 — Fontaine en faïence ancienne à décor bleu.

# PORCELAINES

65 — Quatre très beaux et importants groupes d'enfants en vieux Saxe représentant : *les Quatre Saisons*, sur socles en bronze doré.

66 — Plat en vieux Chine, décor bleu, rouge et or à oiseau perché sur un arbre.

67 — Grand plat en vieux Chine, décor camaïeu représentant : le *Jugement de Pâris*, bordure à ornements.

68 — Pot cylindrique en vieux Saxe, décor à armoiries et à sujet chinois à petits personnages très finement peints, couvercle en métal argenté.

69 — Ecuelle avec plateau et couvercle en porcelaine tendre de Mennecy-Villeroy, décor à fleurs.

70 — Coupe ovale en porcelaine de Saxe, décor partie gauffré et partie à fleurs en camaïeu et or.

71 — Compotier en porcelaine de Chantilly à décor de fleurs.

72 — Bol en Sèvres moderne émaillé bleu.

73 — Deux plats ronds du Japon, décor en bleu et rouge à paysages, bordure à fleurs.

74 — Deux assiettes en vieux Saxe, décor style chinois à fleurs et oiseaux.

75 — Plateau rond du Japon à bords lobés.

76 — Compotier octogone en vieux Saxe, style chinois, à fleurs et animaux.

77 — Assiette en vieux Chine à fleurs en couleur.

78 — Une cafetière et deux théières en porcelaine d'Allemagne.

79 — Plat rond vieux Japon, décor à rosace en bleu, rouge et or.

80 — Plat rond vieux Japon, décor à fleurs en bleu, rouge et or.

81 — Plat rond en vieux Chine, décor à paysage avec animaux et oiseaux en bleu, rouge et or.

82 — Plat rond de Chine, décor à corbeille de fleurs.

83 — Deux seaux, décor style japonais à armoiries.

84 — Deux cornets cylindriques en vieux Chine, décor à figures.

85 — Plateau forme feuille en vieux Saxe, décor à fleurs, partie gaufrée et partie en couleurs.

86 — Plat creux porcelaine d'Allemagne à fleurs en couleurs, bordure or.

87 — Service à café en porcelaine, décor à armoiries et fleurs dans le goût chinois, composé de : une théière, un pot à lait et six tasses avec soucoupes.

88 — Statuette en porcelaine de Chine décorée en couleur.

89 — Deux petites potiches, décor à figures en couleur et à oiseaux et dragons en relief.

90 — Deux petites théières, trois potiches mignonnettes, un vase à long col, une petite potiche et une petite chimère en porcelaine de Chine et du Japon.

91 — Bouteille, coupe fond rouge et petit vase, le tout en porcelaine de Chine.

92 — Jardinière de satzuma à décor très fin.

93 — Flacon à thé et vase en vieux Chine.

94 — Deux seaux en porcelaine de Saxe, décor à fleurs en couleur.

95 — Seau en porcelaine d'Allemagne à deux anses rocailles, décor à fleurs.

96 — Huit assiettes en porcelaine de Chine à décors divers.

97 — Petite cafetière porcelaine d'Allemagne, décor à oiseaux et fleurs.

# OBJETS DE VITRINE

## Laques, Sculptures, Émaux cloisonnés, Verrerie, Poteries antiques, etc.

98 — Très jolie coupe à manche, en argent doré, ciselé, repercé et incrusté d'émaux translucides. Travail russe.

99 — Grande boîte lobée en laque rouge de Pékin, à paysages et figures.

100 — Curieux vase à couvercle en bois sculpté, contenant un verre en bois sculpté et tranché.

101 — Statuette de *Baigneuse* en ivoire sculpté.

102 — Couvert chinois et fourchette ancienne.

103 — Vase cylindrique en émail cloisonné, décor à fleurs sur fond marron et noir.

104 — Gobelet en vernis Martin, décor style Louis XV à figures.

105 — Deux groupes en ivoire sculpté : *Chiens de chasse.*

106 — Groupe en terre cuite de FREMIET : *Ours étouffant un gladiateur.*

107 — Figurine de *Marchand de poissons*, terre cuite de LÉON.

108 — Huit vases en poterie antique et un vase en terre noire avec anse à figure d'homme.

109 — Une aiguière, deux vases et un drageoir en verre de Venise.

110 — Vase en cristal taillé et doré, monture en bronze émaillé.

111 — Verre à pied et à trois anses émaillé bleu.

112 — Vase à deux anses en verre irisé.

113 — Grand verre de Venise pied tourné en spirale.

114 — Cornet carré en verre décoré de quatre appliques rondes en bronze de style chinois.

115 — Boîte carrée en verre émaillé.

116 — Eléphant en bois laqué.

117 — Plateau en verre taillé et gravé avec ornement églomisé au centre.

118 — Groupe de deux figures en pierre de Lard.

119 — Châtelaine Louis XV en cuivre ciselé et repercé.

120 — Boucle de ceinture acier, étui forme cœur bois repercé, chaîne longue et deux breloques argent.

121 — Bracelet en or gravé orné de petites turquoises et perles.

122 — Boîte en argent avec couvercle en ivoire sculpté représentant : *Un Satyre*.

123 — Figure de Bouddha en bois sculpté.

124 — Petit vidrecome en ivoire sculpté, monture en cuivre.

125 — Vase à couvercle étain gravé chinois.

126 — Plateau rond en laque à décor en couleur et six autres pièces en laque.

127 — Vase à couvercle en étain du temps de Louis XVI, décor à médaillons et guirlandes.

128 — Deux coupes en verre gravé.

129 — Buste en terre cuite de Carpeaux.

130 — Grand bas-relief sur fond en bois sculpté représentant un vase de fleurs et des ornements. Epoque Louis XIII.

131 — Jardinière évasée en ancien émail cloisonné de Chine, fond bleu.

132 — Jardinière à deux anses, ancien émail cloisonné de Chine fond bleu.

133 — Boîte cylindrique émail cloisonné du Japon.

# BRONZES D'ART

134 — Vase en bronze Chinois à long col en forme de cornet carré accosté de deux figures.

135 — Brûle-parfums à couvercle en bronze Chinois à figure d'enfant et dragon.

136 — Cloche surmontée d'un cheval, bronze Chinois ancien.

137 — Jardinière pour fruit, bronze Chinois ancien.

138 — Petit brûle-parfums en bronze Chinois à têtes de lion.

139 — Miroir Chinois en bronze.

140 — Théière en bronze Chinois.

141 — Jardinière d'applique en bronze Chinois, décor représentant : *un Dragon.*

142 — Bouteille à long col, bronze du Japon.

143 — Vase en bronze du Japon à cartels d'oiseaux, anses à têtes d'éléphant.

144 — Cornet en bronze Chinois.

145 — Deux petits vases bronze du Japon.

146 — Bas-relief en bronze : *Cheval* par Fratin.

## BRONZES D'AMEUBLEMENT

147 — Très belle suspension à 18 bougies et à une lampe en bronze ciselé et doré de style Louis XIV.

148 — Belle lanterne d'antichambre en bronze.

149 — Pendule en marbre blanc et bronze doré modèle à l'aigle, de Denière.

150 — Belle paire de grandes Lampes, formées de vases en porcelaine du Japon à décor bleu, monture en bronze.

151 — Grand lustre en bronze et cristaux.

152 — Paire d'appliques, modèle à bouquet de fleurs en bronze doré

153 — Jardinière en cuivre repoussé.

154 — Crachoir en cuivre gravé, de Perse.

155 — Plateau à trois pieds en fer incrusté d'or décor au *Dragon*, travail japonais.

156 — Trois jardinières et deux cafetières en c i-vre repoussé.

157 — Pendule en marbre noir avec statuette de *Diane de Gabies* en bronze de BARBEDIENNE.

158 — Paire de lampes en craquelé de Chine monture en bronze.

159 — Autre lampe en craquelé montée en bronze.

160 — Pendules et deux coupes en marqueterie de cuivre et bronze artistique.

161 — Lustre Hollandais en cuivre.

162 — Paire de candélabres, bouts de table en cuivre poli.

# MEUBLES

163 — Grande console en acajou garnie de cuivre, pieds à cannelures, dessus et tablette inférieure en marbre, avec galerie. Epoque Louis XVI.

164 — Corniche en bois sculpté. Travail flamand du XVIIe siècle.

165 — Vaisselier étagère d'applique en bois noirci.

166 — Beau coffre en bois sculpté à médaillon à figures et ornements. Travail italien, couvert en velours frappé.

167 — Petit cabinet à deux portes en bois de Teck incrusté de nacre, travail du Tonkin.

168 — Cabinet en laque burgauté, décor à fleurs, garni de cuivre gravé.

169 — Grand cabinet en laque décoré d'incrustation de fleurs et oiseaux en nacre et matières diverses. Sur socle console.

170 — Petite armoire à deux portes pliantes en bois de Teck découpé et incrusté de nacre. Travail du Tonkin.

171 — Tabouret oriental de forme décagonale en marqueterie d'écaille, nacre et ivoire.

172 — Petit cabinet casier Japonais en bois décoré de fleurs en incrustation de nacre et d'ivoire teinté.

173 — Deux tabourets de forme octogonale en bois sculpté, travail italien.

174 — Belle vitrine à hauteur d'appui en marqueterie de cuivre, orné de bronze style Louis XIV.

175 — Vitrine forme chaise à porteur garnie en étoffe.

176 — Grand cabinet en bois de Teck incrusté de marbre. Travail du Tonkin.

177 — Belle commode du temps de Louis XIV ornée de bronze.

178 — Grande boîte plate en chêne sculpté.

179 — Ecritoire forme palanquin en laque de Chine.

180 — Boîte à gants en bois de fer incrusté de nacre.

181 — Petit socle haut en bois de fer.

182 — Petit cabinet en laque de Chine sur socle.

183 — Console d'encoignure en marqueterie hollandaise.

184 — Pagode en bois sculpté avec statuette de *Divinité.*

185 — Grande table de salle à manger, servante et 18 chaises en acajou.

# ETOFFES ET TENTURES

186 — Encadrement de porte et encadrement de croisée formés par des tentures de mosquée en broderie orientale à fond bleu.

187 — Encadrement de porte et encadrement de croisée en étoffe orientale à fond blanc.

188 — Très beau panneau en satin brodé en soie de couleur représentant une scène allégorique chinoise.

Haut. 1 m. 02, Larg. 2 m. 50.

189 — Beau tapis ancien de Perse fond groseille, bordure fond jaune : qualité rare,

Long. 1 m. 70. Larg. 1 m. 24.

190 — Robe chinoise en soie fond bleu.

191 — Très beau panneau en tapisserie ancienne au point, à fleurs, époque Louis XIII, bordé de velours vert.

H. 1 m. 92. L. 0,74.

192 — Tapis d'escalier.

193 — Rideaux en Panne, etc.

# LIVRES, MÉDAILLES

194 — Dictionnaire de Larousse, 16 volumes.

195 — Sept albums de photographies, vues d'Italie et autres.

196 — Médailles et jetons en or et en argent.

BIBLIOTHEQUE NATIONALE DE FRANCE

****

CHATEAU DE SABLE

1996

www.ingramcontent.com/pod-product-compliance
Ingram Content Group UK Ltd.
Pitfield, Milton Keynes, MK11 3LW, UK
UKHW032025260826
14628UKWH00006B/2728

9 782329 311449